D0191001

Collection MONSIEUR

Mr. Men   Little Miss

Monsieur
PETIT

Roger Hargreaves

hachette
JEUNESSE

Monsieur Petit était vraiment très petit.
Tu n'as sans doute jamais vu
quelqu'un d'aussi petit.

Il était à peu près grand comme une épingle,
ce qui n'est pas très grand.

Alors il vaudrait peut-être mieux dire
que monsieur Petit était aussi petit qu'une épingle !

Monsieur Petit vivait dans une toute petite maison,
sous une marguerite,
au fond du jardin de monsieur Robinson.

C'était une très jolie maison, vraiment minuscule.

Elle convenait très bien à monsieur Petit.
Il s'y plaisait beaucoup.

Un jour, monsieur Petit décida de chercher du travail.

Mais voilà, le malheur est qu'il
existe peu de métiers pour petits hommes.

Quel genre de travail pouvait-il bien faire ?

Monsieur Petit réfléchit longtemps,
mais ne trouva pas d'idée.

Pas une seule !

Il continua pourtant de réfléchir, tout en mangeant.

Son repas se composait d'une moitié de petit pois,
d'une miette de pain et d'une goutte de limonade.

Tandis qu'il dégustait son repas
monsieur Petit n'arrêtait pas de penser.

Sans aucun résultat.

Cet effort lui donna soif et il se reversa
une goutte de limonade.

– J'ai trouvé, se dit-il.
Après le déjeuner, j'irai voir monsieur Robinson
pour lui demander son avis.

Mais la maison de monsieur Robinson
était au bout du jardin.

C'était bien loin pour quelqu'un d'aussi petit
que monsieur Petit.

A mi-chemin, tout essoufflé, il s'assit sur un caillou.

Un ver de terre passait par là. Il s'arrêta.

– Bonjour, monsieur Petit, dit-il.

– Bonjour, Werter, répondit monsieur Petit
au ver de terre qu'il connaissait très bien.

– Alors on se promène ? demanda Werter.

– Je vais voir monsieur Robinson,
expliqua monsieur Petit.

– Ah bon ! dit Werter.

– Je cherche du travail, ajouta monsieur Petit.

– Ah bon ! répéta le ver de terre,
qui n'avait pas beaucoup de vocabulaire.

Après s'être reposé un moment, monsieur Petit
se remit en route et ne s'arrêta qu'une fois arrivé
devant la maison de monsieur Robinson.

Il grimpa les marches de l'escalier
qui menait à la porte.

Il frappa.

Mais personne ne l'entendit!

Il frappa à nouveau.

On ne l'entendit pas davantage.

L'ennui, vois-tu, c'est que lorsque l'on est
aussi petit que monsieur Petit,
on ne peut pas frapper très fort.

Monsieur Petit leva les yeux.

Là-bas, très haut au-dessus de lui,
il y avait une sonnette.

– Pour sonner, il faut que j'atteigne la sonnette,
se dit-il.

Il se mit donc à escalader le mur,
en s'accrochant aux briques.

Arrivé à la quatrième brique,
il fit l'erreur de regarder en bas.

– Oh! là! là! s'écria-t-il. Et il tomba.

BOUM!

– Aïe! fit monsieur Petit en se frottant la tête.

A cet instant monsieur Petit entendit
des bruits de pas.

C'était le facteur.

Le facteur s'approcha de la porte
et déposa le courrier.
Il allait repartir quand il entendit une petite voix.

— Bonjour ! disait la voix.

Le facteur regarda par terre.

— Bonjour, dit-il à monsieur Petit.
Mais qui êtes-vous ?

— Je suis monsieur Petit, dit monsieur Petit.
Pourriez-vous sonner pour moi, s'il vous plaît ?

– Mais bien sûr, répondit le facteur,
et il appuya sur la sonnette.

– Merci, dit monsieur Petit.

– Je vous en prie, dit le facteur. Et il s'en alla.

Monsieur Petit entendit des bruits de pas
derrière la porte.

La porte s'ouvrit.

Monsieur Robinson regarda dehors.

– C'est bizarre, murmura-t-il.
Je suis pourtant sûr d'avoir entendu sonner.

Il allait refermer la porte
quand une petite voix l'interpella.

– Bonjour, disait cette voix.
Bonjour, monsieur Robinson.

Monsieur Robinson regarda par terre, attentivement.

– Bonjour, dit-il. Que faites-vous là?

– Je suis venu vous demander conseil,
dit monsieur Petit.

– Eh bien, répondit monsieur Robinson,
entrez et racontez-moi tout.

Monsieur Petit suivit monsieur Robinson dans sa maison.
Il s'installa près de lui sur l'accoudoir du fauteuil.
Et il lui raconta qu'il avait envie de travailler
mais qu'il ne voyait pas du tout
ce qu'il pourrait faire.

Monsieur Robinson l'écouta,
tout en buvant son thé.

– Voyons, voyons, dit monsieur Robinson.
Laissez-moi réfléchir!

Monsieur Robinson connaissait beaucoup de monde.

Monsieur Robinson connaissait quelqu'un
qui travaillait dans un restaurant.

C'est ainsi que monsieur Petit trouva un emploi.

Il remplissait les pots de moutarde.

Mais chaque fois, monsieur Petit tombait dans le pot.

Alors il quitta cet emploi.

Monsieur Robinson connaissait quelqu'un
qui travaillait dans un magasin de bonbons.

C'est ainsi que monsieur Petit trouva un emploi.

Il servait des bonbons !

Mais chaque fois, monsieur Petit tombait dans le bocal.

Alors il quitta cet emploi.

Monsieur Robinson connaissait quelqu'un qui travaillait dans une fabrique d'allumettes.

C'est ainsi que monsieur Petit trouva un emploi.

Il mettait les allumettes dans les boîtes!

Mais chaque fois, monsieur Petit se retrouvait enfermé dans la boîte.

Alors il quitta cet emploi.

Monsieur Robinson connaissait quelqu'un
qui travaillait dans une ferme.

C'est ainsi que monsieur Petit trouva un emploi.

Il triait les œufs blancs et les œufs foncés !

Mais chaque fois, monsieur Petit se retrouvait
coincé entre les œufs.

Alors il quitta cet emploi.

– Que va-t-on faire de vous?
demanda un soir monsieur Ronbinson à monsieur Petit.

– Je ne sais pas, répondit monsieur Petit
d'une toute petite voix.

– J'ai une autre idée, dit monsieur Robinson.
Je connais quelqu'un qui écrit des livres
pour les enfants.
Vous pourriez peut-être travailler pour lui?

Alors le lendemain, monsieur Robinson emmena
monsieur Petit chez cet écrivain.

– Puis-je travailler pour vous ?
lui demanda monsieur Petit.

– Bien sûr, répondit l'écrivain.
Donnez-moi mon crayon et parlez-moi
de tous les métiers que vous avez faits.
Je vais écrire un livre là-dessus
et je l'appellerai *Monsieur Petit,* ajouta-t-il.

– Ce livre n'intéressera pas les enfants !
s'écria monsieur Petit.

– Mais si, répondit l'écrivain,
il leur plaira beaucoup !

Il ne se trompait pas.

Tu l'as aimée cette histoire, n'est-ce pas?

LA COLLECTION MADAME c'est aussi **41 personnages**

1. MME AUTORITAIRE
2. MME TÊTE-EN-L'AIR
3. MME RANGE-TOUT
4. MME CATASTROPHE
5. MME ACROBATE
6. MME MAGIE
7. MME PROPRETTE
8. MME INDÉCISE
9. MME PETITE
10. MME TOUT-VA-BIEN
11. MME TINTAMARRE
12. MME TIMIDE
13. MME BOUTE-EN-TRAIN
14. MME CANAILLE
15. MME BEAUTÉ
16. MME SAGE
17. MME DOUBLE
18. MME JE-SAIS-TOUT
19. MME CHANCE
20. MME PRUDENTE
21. MME BOULOT
22. MME GÉNIALE
23. MME OUI
24. MME POURQUOI
25. MME COQUETTE
26. MME CONTRAIRE
27. MME TÊTUE
28. MME EN RETARD
29. MME BAVARDE
30. MME FOLLETTE
31. MME BONHEUR
32. MME VEDETTE
33. MME VITE-FAIT
34. MME CASSE-PIED
35. MME DODUE
36. MME RISETTE
37. MME CHIPIE
38. MME FARCEUSE
39. MME MALCHANCE
40. MME TERREUR
41. MME PRINCESSE

ISBN : 978-2-01-224800-7
Loi n° 49-956 du 16 juillet 1949 sur les publications destinées à la jeunesse.
Imprimé et relié en France par I.M.E.